Polina

Kurzgeschichten von Natalia Sadovnik

Polina

Nachdem Jelena Petrowna ihren zweiten Schlaganfall hatte, ging die ganze Baracke zur Beerdigung. Weit mussten sie nicht laufen, der Friedhof grenzte direkt an das Heim, eine Tatsache, die viele von uns den Deutschen übelnahmen. Meine Mutter und ich waren zwar seit kurzem in eine richtige Wohnung gezogen, aber da Jelena Petrowna eine in der Barackengemeinschaft sagenumwobene Affäre mit meinem Stiefvater gehabt hatte, hielt meine Mutter es für ihre Pflicht, zu kommen.

Der Abend roch nach Flieder, Tod und gegrillter Wurst. Im schwarzen, schlecht sitzenden Anzug und mit roten Augen stand mein Stiefvater vor dem Friedhof. Wenn jemand ihn ansprach, nickte er hastig, ohne etwas zu sagen. Während der Beerdigung sah ihn niemand. Zwei Stunden später, als alles vorbei war und wir längst an den gedeckten Holztischen vor der Baracke saßen, tauchte er auf, betrunken und heiter. Dann setzte er sich auf einen Ast, der seinen Oberschenkel durchbohrte.

„Er blutet ja“, sagte Polina.
Ihre Augen glänzten wie reife Kirschen. Dort, vor der Baracke, sah ich sie zum ersten Mal. Sie war vor zwei Wochen eingezogen und fügte sich mühelos in das Geschehen ein. Sie duzte jeden, obwohl sie erst achtzehn und die meisten anderen über fünfzig waren – erstaunlicherweise hatte niemand etwas dagegen. Unter diesen unbeholfenen Neuankömmlingen fiel sie dennoch auf, flink wie ein Fuchs, mit ihrem geraden Rücken, der hohen Stimme und einem lebendigen, schlauen Gesicht.

Mein Stiefvater drehte sich um wie ein Kater, der seinem Schwanz nachjagt, und richtete seine Augen auf. „Ich sehe nichts“, sagte er langsam. Seine Hände zitterten. Er plumpste auf den Boden und grinste.

„Das machen wir lieber nicht“, sagte Alexej zu ihm. Alexej war groß und blass, einer der wenigen Juden hier, und hatte den Spitznamen Alain Delon. „Komm, wir helfen ihm“, sagte er zu seinem Vater. Sie griffen meinem Stiefvater unter die Arme und führten ihn zum Zimmer. „Ich glaube, er braucht einen Arzt“, sagte Polina und folgte den Männern wie ein sanfter Nebelschweif. Ihr Lachen schallte klar durch die warme Luft.

Die Wunde eiterte monatelang und mein Stiefvater bat meine Mutter um Hilfe. Sie war zwar immer noch sauer auf ihn wegen der Sache mit mir, kam aber allmählich zu der Meinung, dass die Nostalgie und das westliche Fernsehnachtprogramm an seinem Verhalten schuld waren. Diese Kombination musste sein Gehirn vorübergehend lahmgelegt haben, aber er hätte sich niemals wirklich an mir vergangen. Trotz allem sei er ja ein guter Mensch. Ich mied ihn solange ich konnte, aber mit der Zeit habe ich meiner Mutter Recht gegeben. Die Affäre mit Jelena Petrowna und die darauf folgende Wunde schien ihm all das ausgetrieben zu haben, was auch immer ihn zu einem dreizehnjährigen Mädchen hingezogen hatte. Deshalb erfüllte meine Mutter erneut ihre Pflicht und kam alle paar Tage im Heim vorbei, um seine Wunde neu zu verbinden. Meist ging ich mit, weil ich ungern allein in der neuen Wohnung war, blieb draußen und drehte Kreise auf meinem neuen Fahrrad. An diesem Abend regnete es, also ging ich rein.

Es war bereits mein zweites Heim gewesen. Hier wie dort der lange Gang mit nervös flackerndem Neonlicht, die braun glänzenden Hochbetten, der schwere Frikadellen-Geruch, der sich durch jede Wohnung fraß, zusammen mit etwas Abgestandenem wie Naftalin, das alte Frauen aus der Heimat mitgebracht hatten und das in der feuchten norddeutschen Luft eine neue Dringlichkeit bekam. Und genau wie im ersten Heim waren die Wände auch hier weiß und tapetenlos. Wenn ich morgens aufwachte, nicht sicher, wo ich war, genügte ein Blick auf die Wand und ich wusste, dass ich nie wieder zuhause schlafen würde.

Ich beschloss, die Türen zu zählen. Ich kam bis zum Ende, blieb vor der letzten stehen. Sie war sperrangelweit geöffnet, vermutlich wegen der Zugluft aus dem ebenfalls offenen Fenster. Ohne zu wissen warum, hielt ich sie auf und blickte hinein.

Das Zimmer gehörte offensichtlich einer Frau, darauf deutete ein Paar hochhackiger schwarzer Lackschuhe neben dem Holzschrank, blumige Gardinen und der süßliche Duft eines Parfüms. Vor dem Hochbett lag ein weißer Langhaarteppich, in der Ecke stand eine Holzkiste mit einem einsamen Apfel drin. Die Bewohnerin dieses Zimmers hatte keinen großen Sinn für Ordnung, auf dem Tisch stand eine halbvolle Schüssel mit angetrocknetem Müsli, das Bettzeug am Fußende war zusammengeknüllt. Doch was dieses Zimmer besonders machte, war die frische zitronengelbe Tapetenfarbe.

Ich sah mich um. Mein Blick fiel auf das offene Notizbuch auf dem Tisch, in dem mit schwarzer Tinte etwas geschrieben stand. Ich kam näher.

Es war neun Uhr abends. Die meisten Heim-Bewohner arbeiteten schwarz in der Bäckerei oder als Verpacker, standen in aller Herrgottsfrühe auf und gingen früh schlafen. Auch jetzt war alles still. Ich nahm das Notizbuch in die Hand, sah eine Kolumne von Daten und Buchstaben: 10.10. - P.B., 13.10. - A.S., 21.10. - D.E. Ich hatte keine Ahnung, was sie bedeuteten, aber meine Augen fielen bereits auf etwas anderes. Neben der Liste lag ein kleines Portemonnaie aus hellbraunem Leder und ich war mir sicher, es schon oft gesehen zu haben. Es war das Portemonnaie meines Stiefvaters.

„Geschieht ihm doch Recht oder?“
Ich fuhr auf, das Portemonnaie in der Hand. Polina lehnte im Türrahmen und lächelte verschwörerisch.
„Was meinst du?“
„Ach komm. Ich dachte, du freust dich. Der alte Casanova hätte noch mehr verdient.“ Ich glühte vor Scham.
„Du weißt davon?“
„Alle wissen davon. Die ganze Baracke redet doch von nichts

anderem." Sie zog das A in die Länge, wie das angeblich nur Moskauer tun. Sie trug einen gelben Bademantel und sah mich aufmerksam an. „Trägst du keinen Schmuck?"
„Nein?", sagte ich.
„Dafür reicht's leider auch nicht. Viel ist da nicht drin. Aber wenn du Zigaretten kaufst, bring mir welche mit."
„Ich soll das nehmen?"
Sie hob die Augenbrauen und betrachtete mich amüsiert. „Wer denn sonst?"
Dann hörte ich meinen Namen. Meine Mutter war fertig mit dem eiternden Hintern und rief nach mir. Ich steckte das Portemonnaie in die Tasche, drängte mich an Polina vorbei ohne ein Wort des Abschieds und lief zum Ausgang.

Als wir nachhause kamen, ging ich sofort in mein Zimmer und versteckte das Portemonnaie unter dem Teppich. Meine Hände zitterten. Wieso hatte ich es angenommen? Wenn ich mir etwas kaufen würde, würde meine Mutter sicher Fragen stellen. Was hielt mich nur davon ab, es wieder hinzulegen? Polinas herausfordernder Blick? Aber da war noch mehr. Das Schlimmste seit meiner Ankunft in Deutschland war, dass nie etwas von Bedeutung passierte. Die Monate zogen sich hin wie Gelee, Tag ein, Tag aus, ohne Ziel und Form. Nun geschah etwas. Ein Einschnitt. Mein Herz hämmerte. Ich saß noch lange auf dem Boden. Dann holte ich das Portemonnaie wieder hervor und legte es in meinen Schulranzen.

Am nächsten Tag schwänzte ich die Schule, hielt unterwegs an einem Zigarettenautomaten an, und ging zum Heim. Die Sonne knallte und wie immer schlug mir der Heimgeruch entgegen. Lediglich Polinas Zimmer schien über jegliches Aroma erhaben. Es war bereits zehn Uhr morgens, als ich an die weiße, wieder leicht geöffnete Tür klopfte. „Jaja, herein", tönte ihre dünne, ungeduldige Stimme. Ich trat ein. Sie lag auf dem Bett mit dem Gesicht zur Wand und drehte den Kopf in meine Richtung. „Du bist ja ein Frühvogel", lachte sie. „Schuhe aus, bitte. Gießt du mir den Tee ein?" Sie verdrehte sich weiter spiralenartig und deutete auf den Boden, wo eine Thermoskanne und eine Porzellantasse standen. Ich goss den Tee ein, der nach Krankenhaus roch, und legte die Tasse in ihre ausgestreckte Hand. Auch heute trug Polina ihren glänzenden gelben Bademantel. Sie stützte sich auf einen Ellbogen, trank den Tee aus, legte sich wieder hin. „Ich brauche noch zehn Minuten. Was gibt's Neues?

Ich setzte mich auf den Stuhl. „Ich habe dir das hier zurückgebracht", sagte ich. Sie sah nicht hin und doch wollte ich nicht das Wort in den Mund nehmen, als würde ich mich damit eines Verbrechens schuldig bekennen. Ich nahm das leere Portemonnaie aus der Tasche und legte es vorsichtig auf den Tisch. „Keine Angst", sagte sie, das Gesicht immer noch zur Wand gedreht. „Hier wird niemand danach suchen. Hast du Zigaretten?" Wieder fiel mir das hochnäsige, langgezogene A auf, wie ich es noch nie gehört habe. „Kommst du aus Moskau?", fragte ich. „Hört man das etwa nicht?" Sie lachte. „Ein bisschen", sagte ich. „Man merkt, dass du nicht mehr hier wohnst", sagte sie. „Hier heiße ich eigentlich nur

Moskwitschka. Ich glaube, die meisten wissen nicht einmal meinen richtigen Namen."

Ihre Worte plätscherten dahin wie Brunnenwasser an einem heißen Sommertag. Sie sprach vor allem über die Nachbarn – Polina hatte ein Talent zum Lästern und ein Auge fürs Detail. „Ist dir mal aufgefallen, dass der alte Fima sich immer am Ohrläppchen anfasst, wenn er mit Menschen spricht? Schüchtern wie ein kleiner Junge!" Sie bemerkte, wie Alexejs Vater immer eine Falsettstimme bekam, wenn jemand ihm in der Küche zu nahe trat, und wie lächerlich stolz er auf seinen hübschen Sohn war. Wie die Wärterin Angela beim Grüßen jeden von uns von Kopf bis Fuß musterte. Polina hatte eine leichte Verachtung für die meisten Menschen und war auf eine gewisse Art gedankenlos, ließ oft Gegenstände fallen, stieß etwas um oder stolperte auf gerader Linie. Zunächst schien es, als ob sie nicht viel nachdachte, aber ich merkte schnell, dass das genaue Gegenteil stimmte: Sie dachte über alles und jeden nach und unsere Gespräche konnten schnell eine unerwartete Richtung nehmen, die mir nicht immer geheuer war. Ich erfuhr auch, wozu die Liste diente, die ich an meinem ersten Abend in ihrem Zimmer gefunden hatte. Später schrieb sie die Initialen meines Stiefvaters darin auf, der nicht ihr einziges Opfer war. Sie besaß eine kleine GeldbörsenKollektion, Fake-Chanels, gehäkelte Oma-Geldbeutel und männliche Leder-Portemonnaies. „Die werden schon darüber hinwegkommen. Glaub mir, viel war das nicht", sagte sie oft über ihre Beute. Eigentlich zog Polina mit ihrer Mutter und Halbschwester Dina nach Deutschland, doch Dina wurde krank. Ihre Mutter brachte sie in ein Moskauer Krankenhaus. „Ich halte hier die Stellung", sagte Polina bitter. Meist war sie schrecklich gelangweilt.

Mein Stiefvater wurde depressiv und bekam Fieber. Die Wunde eiterte noch und meine Mutter besuchte ihn nun jeden Tag, hauptsächlich, damit er nicht allein war. Ich begleitete sie bis zur Barackentür, dann ging ich zu Polina. Meist erwischte ich sie bei ihrer eigenartigen Teezeremonie, mit dem Gesicht zur Wand.

Einmal am Tag legte sie sich für eine Stunde auf eine Wärmflasche und alle zehn Minuten musste ich ihr Tee aus der Thermoskanne nachgießen, den sie mit kleinen Schlucken austrank. Polina hatte zahlreiche Krankheiten und Allergien und war ein schrecklicher Hypochonder. Einmal tauchte sie bleich und schweigsam vor meiner Schule auf, sagte, sie hätte seltsame Halsschmerzen und schleifte mich zum Arzt. So schlecht mein Deutsch auch war, es war besser als ihres, da sie sich weigerte, diese „barbarische" Sprache zu lernen. Als der Arzt sagte, sie sei einfach erkältet, glaubte sie ihm nicht, doch ich merkte, wie erleichtert sie war. Meine Mutter fand später heraus, dass ich nicht im Unterricht war, und ich bekam riesigen Ärger. Doch als ich an dem Abend nachhause ging, dachte ich, dass ich für Polina jederzeit die Schule schwänzen würde.

Dann verschwand das Portemonnaie meiner Mutter.

Wir kamen abends nachhause von der Baracke und aßen zu Abend.

Irgendwann wühlte sie in ihrer Handtasche und fand nichts. Sie rief meinen Stiefvater an. Er fand ebenfalls nichts. Meine Mutter hielt immer noch den Hörer am Ohr, als ihr Blick auf mein Gesicht fiel. Sie legte den Hörer beiseite und fragte: „Warum guckst du so?"
„Was? Keine Ahnung", sagte ich und versuchte, empört zu klingen. Mein Herz hämmerte. „Weißt du etwas?"
„Nein! Wie gucke ich denn bitte?"
„Als hättest du wieder die eingemachte Marmelade gegessen." Sie schwieg und schaute mich weiter an. „Du hast es doch nicht etwa genommen?"
„Was für ein Quatsch. Bist du bescheuert?" Ich merkte sofort, dass ich übertrieben hatte, als ich das verblüffte Gesicht meiner Mutter sah. Aber es gab kein Zurück. Ich sprang auf, lief in mein Zimmer und knallte die Tür zu. Am nächsten Tag verließ ich die Wohnung, ehe meine Mutter wach wurde und ging direkt zur Baracke. Polina war nicht da.

Als ich nachhause kam, waren meine Sachen durchwühlt. Den

Rest des Tages sprachen wir nicht miteinander, aber abends stand ein Apfelkuchen auf dem Küchentisch. Ich atmete auf. Meine Mutter hatte mir geglaubt. Am nächsten Abend gingen wir wieder zum Heim, wenn auch schweigsamer als sonst.

Diesmal war Polina zuhause und rauchte am Fenster. Ich blieb in der offenen Tür stehen. Mein Mund war trocken, meine Hände zitterten.

„Warst du das?", fragte ich direkt.

„Was meinst du?"

„Das Portemonnaie."

Sie lehnte sich zurück und zog an ihrer Zigarette.

„Das Portemonnaie meiner Mutter", sagte ich. Sie drehte den Kopf und schaute mich an, das Gesicht steinhart, die Augen undurchsichtig, dunkle, in Schokolade getauchte Kirschen. „Es ist weg."

Ich wartete, aber sie sagte nichts.

„Irgendwelche Gedanken?"

„Vielleicht hat sie es verloren?" Sie machte runde Augen.

Ich schwieg.

„Was soll das Theater? Schau dich um, wenn du mir nicht vertraust", sagte sie trocken. Dunkelrote Flecken prangten auf ihren Wangen und ich kam mir vor wie eine unförmige Masse ohne Kern, eine schlaffe Wolke, einsam und haltlos.
Polina drehte sich wieder von mir weg, schaute aus dem Fenster und zog weiter an ihrer Zigarette, schmallippig und betont langsam. Ich stand nur da und starrte sie an. Das Blut pochte in meinen Adern. Dann drehte ich mich um und ging.

Der Winter kam und mitten im Jahr wechselte ich die Schule, da mein Deutschlehrer mich auf ein Gymnasium einschleuste, an dem er unterrichtete. Dort lernte ich ein paar Russinnen mit deutschen Namen kennen und schwänzte mit ihnen den Unterricht, um im Park zu rauchen. Die Tage wurden wieder eintönig und zogen sich hin. Zwei Monate später fand mein Stiefvater eine Wohnung. Seine Wunde war längst verheilt, seine Stimmung besser, die hervorquellenden Augen wieder strahlend blau und die Wangen rosa wie noch nie. Wir kamen in die Baracke, um beim

Umzug mitzuhelfen. Als ich im Hof stand, sah ich Polinas Fenster. Es war zu. Und die Gardinen fehlten.

Alexej und sein Vater kamen uns entgegen, jeder mit zwei gestreiften Polyestertaschen, die unter den Barackenbewohnern als Umzugskartons galten. Alexej grüßte uns steif und ging zum Wagen, sein Vater stellte die Taschen ab und blieb stehen. „Wir sind fast fertig, aber ein paar kleine Kisten gibt es noch“, sagte er.

„Sag mal, Arkascha, ist das Mädel aus Moskau auch ausgezogen?“, fragte meine Mutter.

„Hast du nicht gehört? Ihre Mutter holte sie vor zwei Wochen ab. Sie sind zurück nach Russland“, sagte Alexejs Vater. „Und stell dir vor, Moskwitschka war verheiratet. Scheinehe. Ihre Mutter hat so einen Russen gefunden und die haben ihn nach Deutschland gebracht, für ein paar Tausend.“

„Aber wir haben ihn nie gesehen“, sagte meine Mutter überrascht.

„Der hat sich gleich eine Wohnung gesucht, wie auch immer ihm das gelang“, sagte Alexejs Vater mit bitterer Stimme. „Aber die haben's rausgefunden. Kamen nachts, und er war nicht da, da war die Sache klar. Beide ab nachhause, vermutlich auch eine saftige Strafe. Will ich jedenfalls hoffen."

Meine Mutter schwieg. Alle wussten, dass ihre Ehe mit meinem Stiefvater auch nicht auf Liebe beruhte, aber wenige fragten direkt nach und meist bestrafte meine Mutter solche Indiskretionen mit einer erhobenen Augenbraue und einem scharfen Themenwechsel. Als wir die letzten Taschen im Wagen abstellten, blickte ich zum letzten Mal zurück. Die Sonne schien durch die grauen Wolken und die Barackenfront warf einen bauchigen grauen Schatten. Als wir wegfuhren, fragte ich mich, ob die Wände in Polinas Zimmer immer noch zitronengelb waren oder inzwischen genauso weiß wie alle anderen.

Der Metzger

Zwölf Jahre nach Kriegsende starb mein Vater an Herzversagen und Mutter kaufte sich italienische Schuhe – auf Raten, schwer zu bekommen, filigrane Kunstwerke aus glänzendem Schwarz. Ich erinnere mich genau an den schlanken Haken, den feinen Ledergeruch und insbesondere an die kecke Schleife auf der Spitze. Ich nahm sie oft in die Hand, führte den Finger entlang der feinen Nähte an den Sohlen. Jahre später probierte ich sie an, als die Mode längst weitergezogen war. Heute macht man sie nicht mehr so. Bequem waren sie auch noch, dank des eingenähten Zehenkissens. Wie neidisch meine Tanten damals waren.

Sie waren fünf jüdische Mädchen, Mutter genau in der Mitte, zwischen den Stühlen. Ich wüsste gern, wie sie in dieses Städtchen kamen. In wechselnder Konstellation trafen sie sich immer zu zweit oder zu dritt in unserer kleinen Wohnung, tranken Tee und lästerten über die übrigen Schwestern. Wenn sie weggingen, setzte sich Mutter ans Telefon, rief eine der anderen an und erzählte alles nach. Danach gab es wochenlang Streit, bis sich alle beruhigten und das Spiel von vorne anfing. Das konnte ich damals schon nicht leiden.

„Aber ich ziehe das Sofa ja gar nicht aus, wenn er kommt."
„Meyn Gat! Und wie macht ihr es dann?"
„Ein Bein auf die Lehne. Geht flott!"

Sie brachen in Gelächter aus und ich lachte mit, obwohl ich den Sinn ihrer Worte nie gänzlich greifen konnte. „Kuck mal, farshteyt alls", grinsten meine Tanten zum Teppich hinunter, auf dem ich saß. Zu schlau für das eigene Wohl, seufzte Mutter. Ich war acht, und wenn ich etwas nicht mitbekommen sollte, sprachen sie Jiddisch. Aber sie merkten bald, dass das nichts nützte. Ich hingegen merkte, wie viel unklar blieb. Wissen war wie feines Spinnennetz – bevor du es merkst, bist du schon irgendwie hineingeraten, die

Erwachsenen sagen „Schau doch hin, meydl“ und du suchst dich nach Fäden ab, um wieder Herr der Situation zu werden. Aber wo das Spinnennetz seinen Anfang nimmt, tja, da kannst du aber lange suchen.

Ich war nie Herr der Situation. Als mein Vater starb, wurde ich nachts zur Hauswärterin gebracht. Morgens erzählte Mutter, er sei wegen seiner Nieren zum Sanatorium gereist. Ich glaubte ihr. Eine Woche später erzählte die Tochter der Hauswärterin, dass sie zu seiner Beerdigung gehen musste. Die Eltern hätten alle gezwungen, sagte sie. Es wäre sehr langweilig gewesen. Später stellte ich ihr heimlich ein Bein. Seine Fotos waren bereits verschwunden.

Aber es war eine glückliche Zeit, das sagten alle. Das Leben wäre besser, lustiger, das hatte Stalin behauptet. Die Schwestern wiederholten oft diesen Satz und lachten, und wieder hatte ich das Gefühl, etwas nicht ganz greifen zu können. Als sie kamen, sahen sie immer auf die ungetragenen schwarzen Schuhe herunter, die wie ein paar flinker Amseln im Flur standen, und schnalzten mit der Zunge. Zu schade, sagten sie. Nur für das eine Mal. Und gerade dafür! Was für ein schrecklicher Anlass! Auch das verstand ich nicht, aber ich fragte Mutter oft, warum sie die Schuhe niemals trug. Fünf Jahre vergingen, vielleicht waren es auch sechs oder sieben, bevor sie sie wieder anzog. An diesem Tag brachte sie geräucherten Schinken mit. Als mein Vater noch am Leben war, brachte er oft Räucherfleisch mit, aber seit seinem Tod konnten wir uns das nicht mehr leisten. Ich hatte die Schuhe und den Schinken damals nicht in Verbindung gebracht. Aber natürlich standen sie in Verbindung, alles hing miteinander zusammen, ein feines Netz aus verborgenem Wissen.

Als Onkel Yascha das erste Mal zu Besuch kam, machte sie grünen Borschtsch. Ich kam früh aus der Schule, setzte meinen Rucksack ab, rümpfte die Nase und fragte, ob es Brot gab.

Dann sah ich ihn auf dem Sofa sitzen.

Er trug ein graues Jackett, das an seinem Körper spannte, ein Riese, ausgebreitet wie ein satter, aber wachsamer Löwe. Seine mächtigen Handgelenke ragten aus den zu kurzen Manschetten heraus. Ich starrte in das bodenlose Grau seiner Augen und er grinste mir zu. Die fleischigen Lippen entblößten einen silbernen Seitenzahn. „Pech, Herzchen, aber gibt Borschtsch, fein mit Smetana. Deine Mama hat sich gut ins Zeug gelegt." Mutter nahm ein Einmachglas mit Tomaten aus dem Regal und stellte es auf den Tisch. Sie trug eine schwarze gepunktete Bluse, einen grünen Chifon-Rock – und die Schuhe. In der Vase stand ein mickriger Strauß Chrysanthemen. Meine Mutter hasste Chrysanthemen.

„Leg deinen Ranzen ab und wasch dir die Hände", sagte sie.
„Ich muss Geografie machen", log ich. „Bei Toma. Wir sind verabredet." Worte schossen aus mir, bevor ich wusste, was ich sage. „Zum Lernen! Und ich esse da."
„In Ordnung", sagte Mutter, während sie die Kelle im dampfenden Topf versenkte. „Aber sei zum Abendessen da."

Ich verbrachte die nächsten Stunden im Hof und schaute den Nachbarn beim Dame spielen zu. Abends roch die Wohnung immer noch nach Borschtsch und Tabak. Ich aß zwei Brote mit Butter und Zucker, bevor ich ins Bett ging.

Seitdem kam er regelmäßig. Er hatte einen brandneuen Laden um die Ecke, weiße Fassade und Milchglas. Auf dem Schulweg war ich oft daran vorbeigegangen. Nun nahm ich den längeren Weg oder lief so schnell ich konnte. Er brachte immer etwas aus dem Laden mit, Räucherfleisch oder Schweinswürstchen. Nach dem Essen sagte Mutter meist: „Kind, geh im Hof spielen." Als ich am Sofa vorbeiging, auf dem er sich schwerfällig ausbreitete, grinste er jedes Mal und glänzte mit dem Zahn. Wenn im Hof niemand zum Spielen da war, ging ich einfach hin und her, malte Buchstaben mit meinen Schritten. Drei Buchstaben, von denen ich wusste, dass Mutter mich saftig ohrfeigen würde, wenn ich sie jemals laut ausspräche.

Meine Mutter war nicht sehr ordentlich, ich hingegen räumte gerne auf. Wenn ich von der Schule kam, wusch ich das Geschirr, goss die Pflanzen, wischte Krümel vom Esstisch. Ein paar ließ ich übrig, damit sie nichts merkte. Nun war die Wohnung an manchen Tagen blitzblank und ich wusste, dass Besuch kommen würde.

Die Luft war schwül und klebrig vor Hitze, sie saßen auf dem Sofa und Mutter wedelte sich mit zusammengefalteter Zeitung ins Gesicht, als ich in die Küche schlich. Ich nahm eine Flasche Fischöl, das ich abends trinken musste, und Salz. Auf Zehenspitzen ging ich in den Flur und beugte mich über seine riesigen Schuhe. Als ich fertig war, schob ich das Öl und das Glas mit Salz im Regal und versteckte mich im Schulhof, bis es dunkel wurde.

Als ich nachhause kam, saß Mutter auf dem Sofa, barfuß, und blätterte in einer Zeitschrift. Ich blieb in der Tür stehen, atmete durch und ging rein, bereit für meine Strafe. Als sie mich sah, legte sie die Zeitschrift beiseite.

„Wofür hast du das gemacht?“, fragte sie. „Schlägst du mich nun?“ sagte ich, und kam mir mutig vor. Sie antwortete nicht, stand auf und zog das Sofa aus. Ich stand unschlüssig im Raum.
„Du wirst dich bei Onkel Yascha entschuldigen“, sagte sie, während sie die Decke aufschlug.
„Gut“, sagte ich, erleichtert, aber trotzig. „Wenn er dafür nicht mehr kommt.“
Sie drehte sich um, mit einem Kissen in den Händen. „Yascha wird jetzt öfter zu uns kommen“, sagte sie. Und warf es auf die Laken.

Am nächsten Tag drehte ich Kreise im Hof und wartete. Die demütigende Entschuldigung hatte ich bereits hinter mich gebracht. Er hatte sich über mich gebeugt, seine Augen wie schwarze Rattenlöcher auf mich gerichtet, und hörte sich grimmig an, wie ich leise etwas stammelte. „Na“, sagte er nur und hörte sich nicht überzeugt an. „Unschöner Zwischenfall, aber nun gut, gut.“ Sein breiter Nacken war rot und glänzte. Als ich ihn betrachtete, fühlte ich mich schlecht und wurde noch trotziger. Mutter rief uns ins Haus.

Es gab gebratene Leber, Blumenkohl und Kartoffelpüree. Beim Essen entspannte er sich und sprach davon, dass er uns bald einen neuen Fleischwolf mitbringen würde. Er sprach viel, warf die Worte wie Kohlen ins Feuer. Sie nickte und stimmte ihm bei allem zu. Und natürlich trug sie wieder die Schuhe. Eine Woche später klaute ich in der Schule gelbe Kreide.

Żyd.

Es war Mittagszeit und niemand war im Laden, als ich mich vor die Fassade setzte und die drei verbotene Buchstaben malte. Dann lief ich nachhause, packte Unterwäsche und Strumpfhosen in die Stofftüte, mit der Mutter einkaufen ging, hinterließ eine Notiz und lief weg. Ich ging bis zum Schulhof, setzte mich auf einen Baumstumpf und wusste nicht weiter.

Als sie kam, war es bereits dunkel und kühl geworden. Ich hörte die Schuhe von weitem klackern. Sie setzte sich neben mich und

eine Weile schwiegen wir beide. „Wirst du mich schlagen?“ fragte ich wieder und schämte mich für die Frage. „Ich werde mich nicht mehr entschuldigen!“ Meine Worte hallten in die dunkle Weite des Schulhofs. Mein Herz schlug sehr schnell.
„Unruhiger Geist“, sagte sie. Sie sah müde aus. „Komm.“

Als ich im Bett lag, setzte sie sich an die Kante und strich mir den Pony aus dem Gesicht. „Onkel Yascha kommt nicht mehr“, sagte sie. Und machte das Licht aus.

Jahre später kam er doch wieder, aber diesmal brachte er Tante Lina mit. Tante Lina war eine Schönheit, sagten alle Nachbarn, und sie ist mit einem Seefahrer verheiratet, Gott weiß, was sie mit dem Metzger will. Als sie kamen, gingen Mutter und ich immer zu einer meiner Tanten. Da hatte ich bereits Jiddisch verlernt, denn ich hatte die Blicke der Menschen gesehen, wenn meine Tanten sich draußen unterhielten. Oft sagte ich zum Entsetzen meiner Tanten, ich würde niemals einen Juden heiraten. Ein Versprechen, das ich offensichtlich nicht mehr brechen werde. Zuhause fanden wir einen sauber gefalteten Schein von Onkel Yascha auf der Kommode und einen schweren, satten Tabakgeruch.

Erst als ich sechzehn war, fragte sie mich, ob ich mich noch an meinen Vater erinnere. Ich sagte „Nein“ mit aller Heftigkeit, die ich bis dahin gesammelt hatte.

Ach und die Schuhe, die trug sie nicht mehr. Später, als sie schon lange tot war, verschenkte ich sie, ich weiß nicht mehr an wen.